FICHE DE LECTURE

DOCUMENT RÉDIGÉ PAR GAËLLE COGAN
DIPLÔMÉE EN ÉTUDES ANGLOPHONES
(ÉCOLE NORMALE SUPÉRIEUR DE PARIS)

L'Enfant noir

LAYE CAMARA

lePetitLittéraire.fr

Laye Camara
Écrivain guinéen

- **Né en 1928 en haute Guinée**
- **Décédé en 1980 au Sénégal**
- **Quelques-unes de ses œuvres :**
  L'Enfant noir (1953), roman
  Dramouss (1966), roman
  Le Maitre de la parole (1978), roman

Camara Laye nait en Guinée en 1928 et meurt en 1980 au Sénégal. Fils d'une famille guinéenne traditionnelle, il quitte son pays après le lycée pour rejoindre la France et poursuivre des études de mécanique. En 1953, après avoir obtenu un diplôme d'ingénieur, il écrit un premier roman, *L'Enfant noir* (1953), qui relate son enfance heureuse en Guinée.

En 1956, Camara retrouve son pays d'origine et occupe des postes importants au ministère de l'Information. Quelques années plus tard, il s'exile pour des raisons politiques au Sénégal. Il publie *Dramouss* (1966), la suite de *L'Enfant noir*, qui raconte sa désillusion lors de son retour en Guinée. Devenu chercheur, il s'intéresse aux griots et à la tradition poétique et musicale africaine.

L'Enfant noir
Une œuvre majeure de la littérature africaine

- **Genre :** roman autobiographique
- **Édition de référence :** *L'Enfant noir*, Paris, Pocket, 1996, 224 p.
- **1re édition :** 1953
- **Thématiques :** enfance, Afrique, rites, éducation, deuil, voyage

Publié en 1953, *L'Enfant noir* est un roman autobiographique qui a reçu le prix Charles Veillon en 1954. Très bien accueilli par la critique française, il l'est moins par la critique africaine. Celle-ci accuse l'auteur d'avoir occulté, dans le récit idyllique de son enfance, l'histoire du pays alors en pleine décolonisation.

L'Enfant noir est un des romans les plus connus de la littérature africaine. C'est, par ailleurs, le premier roman de la littérature guinéenne, dont le déploiement, entravé par le régime autoritaire de Sékou Touré, se poursuit aujourd'hui.

RÉSUMÉ

Tout au long du roman, l'auteur plonge dans ses souvenirs d'enfance. Il commence le récit alors qu'il est âgé de 5 ans et évoque par la suite toute son adolescence.

UNE VIE SIMPLE

Le narrateur qui, à l'époque, vivait à Kouroussa, débute son récit en présentant les lieux importants de son enfance : la concession, la forge, la case de son père remplie de mystérieux grigris, celle de sa mère et la véranda qui est son terrain de jeu. L'enfant habite avec sa mère, alors que ses frères et sœurs vivent avec leur grand-mère paternelle, dont la case se situe également sur la concession : ainsi le veut l'exigüité des habitations.

Sa mère est une femme généreuse, droite et aimante, tant avec ses enfants qu'avec les apprentis de la forge. Elle fait preuve d'autorité dans la gestion de la maisonnée et est respectée de tous. De plus, elle est dotée, en tant que puinée de jumeaux (c'est-à-dire celle qui est née après son frère ou sa sœur) et par son totem (le crocodile) de pouvoirs magiques : elle peut, par exemple, conjurer les mauvais sorts et puiser l'eau du fleuve Niger sans craindre d'être dévorée par les crocodiles.

Son père est un homme très généreux, fortement attaché au respect des rites religieux. Il exerce les métiers de forgeron et d'orfèvre, profession que sa mère trouve dangereuse pour la santé de son époux. Un jour, une femme lui apporte de l'or pour qu'il le transforme en bijou. Pour appuyer sa requête, elle vient accompagnée d'un griot (personne qui, en Afrique, raconte le passé et que l'on croit dotée de pouvoirs magiques) qui chante les louanges du père et de ses ancêtres. Pour travailler ce métal précieux, il doit se purifier au préalable. L'enfant aime admirer le travail d'artisan de son père.

Très vite, le lecteur découvre l'importance que revêt le serpent. En effet, le narrateur apprend très jeune à différencier les espèces dangereuses, que sa mère tue à coups de bâtons, du petit serpent noir qui est considéré comme le génie de la famille, dont il espère recevoir de sages conseils.

Du point de vue scolaire, l'enfant fréquente d'abord l'école coranique, puis l'école française, où les filles et les garçons sont séparés. L'entente entre les deux sexes n'est pas cordiale puisqu'ils se moquent souvent les uns des autres. Pourtant, l'enfant développe une relation particulière avec Fanta, une amie de sa sœur. À l'école, les professeurs n'hésitent pas à imposer des châtiments corporels sévères ou des tâches ingrates à leurs élèves. Les plus jeunes sont par ailleurs martyrisés par les plus âgés, qui leur volent leur argent et leur nourriture. Les parents, informés de la situation, y mettent fin en chassant le directeur de son poste.

LE VILLAGE DE TINDICAN

Le narrateur rend visite à sa famille maternelle, qui vit à la campagne sur la concession de son oncle Lansana. Il fait le voyage en compagnie du frère cadet de ce dernier, qui lui raconte les dernières nouvelles de la ferme. Il est reçu par sa grand-mère qui le couvre d'attentions.

Le séjour se déroule joyeusement entre les copieux repas en compagnie de la famille et les jeux avec les enfants du village.

En décembre, il participe à la moisson de riz, considérée comme un moment de fête. Tout le village y prend part. Aux champs, les hommes manient la faucille au rythme du tam-tam et en chantant, tandis que les femmes préparent les repas. L'enfant aide son jeune oncle, qui est l'un des meilleurs moissonneurs, en portant les bottes d'épi et en dressant les gerbes. Il aimerait apprendre à faucher, mais son oncle lui rappelle que cela ne sera peut-être jamais son métier.

L'ENTRÉE DANS L'ÂGE ADULTE

Lorsqu'il atteint l'âge requis, il entre dans l'association des non-initiés. Cette admission est marquée par un rite qui a lieu le soir précédant le Ramadan. Au rythme du tam-tam, la foule emmène les adolescents vers la jungle, dans un lieu sacré où doit avoir lieu la rencontre avec Kondén Diara, le « lion des enfants ». Les yeux fermés, les adolescents entendent les rugissements des lions et essaient de surmonter leur peur.

À l'aube, après leur avoir enseigné les chants des incirconcis, leurs ainés les ramènent au village, où ils découvrent de longs fils blancs tendus du sommet des cases à un gigantesque arbre fromager.

Quelques années plus tard, le narrateur et ses camarades participent à une cérémonie encore plus effrayante que celle de Kondén Diara : la circoncision, qui leur donne le statut d'homme.

Pendant la semaine de préparation, les adolescents, habillés d'un boubou cousu (tunique ample d'Afrique), d'un bonnet à pompon et d'un foulard offert par leur amie, dansent sur la place publique. La veille de l'épreuve, ils dansent le coba, réservé aux futurs circoncis. Emmenés dans la brousse, ils sont circoncis avec rapidité mais non sans douleur.

S'ensuit une mise en quarantaine durant laquelle les adolescents sont soignés et instruits par le guérisseur. Durant cette période, le contact avec les femmes est interdit. Le narrateur ne peut donc embrasser sa mère lorsqu'elle lui rend visite. De retour à la concession, il obtient sa propre case.

LE TEMPS DES VOYAGES

À 15 ans, le narrateur part à Conakry (capitale de la République de Guinée) pour poursuivre ses études. Les adieux sont déchirants, malgré les griots qui l'accompagnent sur le quai de gare. Cela ne l'empêche cependant pas de rentrer régulièrement dans sa ville natale, où il retrouve sa case de mieux en mieux aménagée. Le soir, il reçoit des amis et des jeunes filles, ce qui déplait fortement à sa mère. Il se rapproche de Kouyaté et de Check, des amis d'enfance qui ont comme lui poursuivi des études en ville.

À Conakry, il est accueilli chaleureusement dans la famille de son oncle Mamadou, pieux musulman. Là, il se noue d'amitié avec Marie, une élève de l'école primaire supérieure des jeunes filles, qui passe ses dimanches dans la famille de l'oncle Mamadou. Ils passent de nombreuses heures ensemble, à danser, à se promener près de la mer et à discuter. Cela éveille les taquineries de leurs tantes qui évoquent un futur mariage. Mais leur relation est uniquement amicale.

Lorsque les cours commencent, le narrateur est surpris par le piètre niveau de l'enseignement au collège George Poiret. Son cursus dure trois et, au cours de ces années, il voit régulièrement son nom inscrit au tableau d'honneur. Au terme de ses études, il passe son certificat et arrive premier.

Après avoir obtenu son brevet d'instituteur, Check, son ami, tombe gravement malade. Sa mère consulte des guérisseurs qui prescrivent massages et tisanes, mais Kouyaté insiste pour emmener Check au dispensaire afin qu'il soit ausculté par un médecin. Malheureusement, il meurt quelques temps plus tard : c'est un choc pour le narrateur qui vit son premier deuil.

Un jour, l'occasion de partir en France pour achever ses études se présente au narrateur et, malgré la ferme opposition de sa mère, il décide de quitter le pays.

Il se rend alors à l'aéroport avec Marie, qui l'accompagne jusqu'à Dakar où elle-même va poursuivre ses études. Lorsqu'elle lui demande s'il reviendra, il lui répond par l'affirmative. De Dakar, il prend l'avion pour Orly, d'où il doit rejoindre Paris puis Argenteuil. Le plan du métro parisien qui gonfle sa poche semble être la promesse d'une vie nouvelle.

ÉTUDE DES PERSONNAGES

LAYE

Il est à la fois l'enfant de haute Guinée dont on suit l'histoire depuis l'âge de cinq ans jusqu'à la fin de l'adolescence et le narrateur qui raconte ses souvenirs. Il porte le même prénom que l'auteur, Laye.

Fils ainé d'une famille respectée, son enfance est heureuse. Il traverse sans trop de difficultés les rites et les célébrations de sa communauté. Ambitieux et travailleur, il est aussi bon camarade. Brillant écolier, il semble destiné à un avenir singulier : les études l'emportent sur le travail de la forge et sur la vie des champs, malgré l'admiration qu'il porte à son père forgeron et à son oncle agriculteur. Ses études le mènent au collège Georges Poiret, à Conakry, puis en France.

LE PÈRE

Forgeron et orfèvre, c'est un homme d'une extrême sobriété et d'une grande générosité. Intransigeant dans le respect des rites religieux, il est aidé dans ses tâches par un petit serpent noir qui le conseille et lui annonce l'avenir.

Il guide Laye tout au long de son enfance, en lui expliquant le rôle du serpent noir, par exemple, ou en lui recommandant avec douceur de ne pas avoir peur pendant la cérémonie de Kondén Diara ou la circoncision. Il comprend très vite que son fils a choisi une voie qui l'emmènera loin de sa terre natale et s'y résigne sans jamais cesser de lui prodiguer de sages conseils.

LA MÈRE

Aimante et généreuse, mais pouvant aussi, à l'occasion, se montrer autoritaire, elle est en charge d'une large maisonnée qui compte ses enfants mais aussi les apprentis de son époux. Elle est douée de pouvoirs de sorcellerie dont elle ne se sert qu'à bon escient pour conjurer les mauvais sorts. Son totem, le crocodile, lui offre l'avantage de pouvoir puiser l'eau du fleuve Niger quelle que soit la saison sans craindre d'être dévorée par les crocodiles.

Très attachée à son fils, elle s'inquiète du rite de Kondén Diara qu'elle juge insensé, et souffre beaucoup de son départ pour Conakry. Quant aux études en France, elle commence par les lui interdire formellement, avant de céder devant le désir qu'il a de partir.

LA FAMILLE MATERNELLE

Elle est composée de la grand-mère de Laye, de l'oncle Lansana et d'un oncle plus jeune dont on ne connait pas le nom. Elle habite à Tindican, sur la concession de l'oncle Lansana, dans un petit village à l'Ouest de Kouroussa où Laye passe souvent quelques jours.

La grand-mère, veuve, est décrite comme une femme grande, mince et robuste qui participe encore aux travaux de la ferme. Elle gâte son petit-fils qu'elle appelle son petit époux et qu'elle tient à nourrir abondamment.

Le jeune oncle est chargé de chercher Laye pour le ramener à Tindican. Fils cadet de la famille, il est à peine sorti de l'adolescence. Il se montre doux, protecteur et attentionné avec son neveu, qu'il emmène faire la moisson.

L'oncle Lansana est l'aîné de deux jumeaux et également l'aîné de la famille. Il a donc hérité de la concession à la mort de son père. Calme et silencieux, il est doté de beaucoup de bonté.

LA FAMILLE PATERNELLE

C'est son oncle Mamadou et sa famille qui accueillent Laye lorsqu'il se rend à Conakry pour poursuivre ses études.

L'oncle Mamadou est le frère cadet du père de Laye. Grand et digne, c'est un homme charismatique qui, après ses études, est devenu instituteur, puis chef comptable dans un établissement français. Musulman, il observe le *Coran* sans défaillance et a appris l'arabe seul. Il guide le jeune Laye dans ses choix professionnels, lui conseillant de ne pas laisser passer sa chance lorsqu'on lui offre de partir en France.

L'oncle Sékou, frère cadet de Mamadou, est un employé au chemin de fer, sympathique et éloquent. Plus proche de Laye par l'âge, il est pour lui comme un frère aîné.

Awa et N'Gady, les épouses de Mamadou, sont deux femmes d'humeur enjouée qui traitent Laye avec autant de bienveillance que s'il était leur propre enfant. Elles n'hésitent pas à plaisanter à propos de son amitié pour Marie.

MARIE

Élève de l'école supérieure des jeunes filles, son père était le compagnon d'études de Mamadou. Elle passe ses dimanches en compagnie de la famille paternelle de Laye. Douce, belle et un peu rêveuse, elle a des cheveux exceptionnellement longs. Elle aide volontiers Awa et N'Gady aux tâches ménagères et celles-ci, pour la taquiner, l'appellent Mme Camara numéro 3. Elle est l'objet du désir de tous les compagnons de classe de Laye, mais elle n'a d'yeux que pour lui. Lorsque Laye part pour la France, elle poursuit ses études à Dakar, au Sénégal.

CLÉS DE LECTURE

L'Enfant noir est une autobiographie, c'est-à-dire qu'il appartient à un genre littéraire qui consiste à écrire (du grec *graphein*, « graphie ») sur sa propre vie (du grec *auto*, « soi », et *bios*, « vie »). C'est un genre ancien, dans lequel s'illustrait déjà Jean-Jacques Rousseau au XVIIIe siècle, qui s'est épanoui au XIXe siècle.

L'AUTOBIOGRAPHIE ET SES CARACTÉRISTIQUES

Identité de l'auteur, du narrateur et du personnage principal

C'est le pronom personnel « je » qui est utilisé dans le récit. L'auteur et le personnage principal partagent le même nom, Camara Laye. On apprend le prénom de l'enfant lorsqu'il est accueilli à Conakry par son oncle qui lui dit : « Tu es mon neveu Laye. Je t'ai aussitôt reconnu. » (p. 163) Plus tard, les tantes de Laye taquinent Marie en l'appelant « Mme Camara numéro 3 » (p. 184), ce qui ne laisse plus aucun doute sur le nom de famille du personnage principal. Notons au passage que le nom de famille de l'auteur est Camara : selon la tradition de sa communauté, il précède son prénom, Laye.

La caractéristique principale d'une autobiographie est que les trois instances – auteur, narrateur et personnage principal – ne sont qu'une seule et même personne. Dans *L'Enfant noir*, tous les indices confirment que Camara Laye occupe bien ces trois identités.

Introspection et rétrospection

L'auteur utilise à la fois l'introspection (observation de la vie intérieure) et la rétrospection (regard porté sur des évènements passés) pour construire son récit.

En guise d'exemple d'écriture introspective, nous pouvons citer la manière dont l'auteur analyse les sentiments de l'adolescent qu'il était pour son amie Marie. Il utilise la forme interrogative pour indiquer son incertitude devant ce qui les unit : « Et peut-être n'était-ce pas non plus exactement de l'amour, bien que ce fût cela aussi. Qu'était-ce ? Au juste qu'était-ce ? » (p. 187)

On peut dire de l'écriture de Camara qu'elle est, de manière générale, rétrospective parce que les évènements évoqués dans le roman sont des souvenirs de son enfance. La rétrospection suppose deux temps : le temps de l'écriture, dans lequel se trouve le narrateur adulte, et celui du souvenir évoqué, c'est-à-dire le temps de l'enfance, qui est donc passé.

Autobiographie ou mémoires ?

La différence entre une autobiographie et des mémoires est la suivante : l'autobiographie propose le récit d'une vie individuelle, tandis que les mémoires tracent le portrait d'une époque, relatant par exemple des évènements politiques ou historiques.

L'Enfant noir se situe du côté de l'autobiographie, puisque c'est un roman qui fait le portrait d'une enfance particulière sans en évoquer avec précision les circonstances politiques.

LES DIFFICULTÉS DE L'AUTOBIOGRAPHIE

L'autobiographie est un genre dont l'exercice peut se révéler épineux, et il est possible que l'auteur se soit heurté aux obstacles suivants.

Le souci de plaire au lecteur

C'est dans un contexte troublé, celui de la décolonisation, que Camara Laye écrit (en français) et publie (à Paris) son roman. Comme *L'Enfant noir* est destiné en grande partie au public de la France métropolitaine, Camara Laye ne peut pas écrire tout à fait librement. Un critique africain, Mongo Beti, lui a reproché une représentation de l'Afrique idyllique et stéréotypée. En effet, les références à la colonisation sont rares et souvent masquées : on sait par exemple que l'oncle Mamadou travaille comme chef comptable dans un établissement français et que Laye a fréquenté l'école française à Kouroussa puis à Conakry, mais les colons eux-mêmes sont complètement absents du roman.

L'authenticité

C'est une des difficultés de toute autobiographie. Pour capter la bienveillance du lecteur ou pour bien d'autres raisons, l'auteur peut être amené à donner une image trompeuse de lui-même et de sa communauté. Lorsque Camara écrit son premier roman, il est âgé de vingt-cinq ans, et il étudie et travaille depuis plusieurs années en France. On peut émettre l'hypothèse que la nostalgie de la haute Guinée a encouragé une vision idéalisée de son enfance, ôtant un peu de son authenticité au récit.

La mémoire

Il y a un décalage temporel entre le « je » présent, celui de l'auteur et du narrateur, et le « je » passé, celui du personnage du roman, de l'enfant. Deux problèmes peuvent alors se poser :

- d'une part, l'auteur peut ne pas se souvenir de certains évènements ;
- d'autre part, il peut se rappeler des épisodes auxquels, devenu adulte, il ne sait pas s'il doit accorder crédit. Ainsi, lorsque l'auteur se souvient des mystérieux pouvoirs de sa mère, il écrit les mots suivants :

> « J'hésite un peu à dire quels étaient ces pouvoirs et je ne veux même pas les décrire tous : je sais qu'on en accueillera le récit avec scepticisme. Moi-même, quand il m'arrive aujourd'hui de me les remémorer, je ne sais plus trop comment je dois les accueillir : ils me paraissent incroyables ; ils sont incroyables ! Pourtant il suffit de me rappeler ce que j'ai vu, ce que mes yeux ont vu. Puis-je récuser le témoignage de mes yeux ? (p. 73)

FONCTIONS DE L'AUTOBIOGRAPHIE DANS *L'ENFANT NOIR*

Un tournant dans la tradition culturelle guinéenne

Avec les poèmes de Keïta Fodeba (écrivain, maitre de ballet et homme politique guinéen, 1921-1969), *L'Enfant noir* est le premier livre de la littérature guinéenne. Il marque donc l'émergence d'une littérature écrite d'expression française alors qu'auparavant, c'était la tradition orale qui prévalait : il s'agissait « du véhicule du savoir et de la sagesse. »

Un portrait de la haute Guinée

À travers le récit d'une enfance, c'est tout un pays, tout un ensemble de coutumes et de traditions que Camara Laye présente au public. *L'Enfant noir* est un document précieux sur ce qu'était la vie en haute Guinée dans les années 1930 et 1940. On y apprend, entre autres choses, comment s'organisait la vie sur une concession, quels étaient les rites de passage auxquels les adolescents se soumettaient pour entrer dans le monde adulte et quel rôle la femme guinéenne jouait au sein de sa communauté à cette époque.

Camara espérait peut-être, par son récit, modifier les représentations que se faisait le public français de la vie africaine. À plusieurs reprises, il semble répondre à des images préconçues qu'il tente de nuancer, comme dans ce passage :

> « Je sais que cette autorité dont ma mère témoignait, paraitra surprenante ; le plus souvent on imagine dérisoire le rôle de la femme africaine, et il est des contrées en vérité où il est insignifiant, mais l'Afrique est grande, aussi diverse que grande. (p. 73)

POUR ALLER PLUS LOIN

ÉDITION DE RÉFÉRENCE

- CAMARA L., *L'Enfant noir*, Paris, Pocket, 1996.

ADAPTATION

- *L'Enfant noir*, film de Laurent Chevallier, 1995.

Gaudé
- La Mort du roi Tsongor
- Le Soleil des Scorta

Gautier
- La Morte amoureuse
- Le Capitaine Fracasse

Gavalda
- 35 kilos d'espoir

Gide
- Les Faux-Monnayeurs

Giono
- Le Grand Troupeau
- Le Hussard sur le toit

Giraudoux
- La guerre de Troie n'aura pas lieu

Golding
- Sa Majesté des Mouches

Grimbert
- Un secret

Hemingway
- Le Vieil Homme et la Mer

Hessel
- Indignez-vous !

Homère
- L'Odyssée

Hugo
- Le Dernier Jour d'un condamné
- Les Misérables
- Notre-Dame de Paris

Huxley
- Le Meilleur des mondes

Ionesco
- Rhinocéros
- La Cantatrice chauve

Jary
- Ubu roi

Jenni
- L'Art français de la guerre

Joffo
- Un sac de billes

Kafka
- La Métamorphose

Kerouac
- Sur la route

Kessel
- Le Lion

Larsson
- Millenium I. Les hommes qui n'aimaient pas les femmes

Le Clézio
- Mondo

Levi
- Si c'est un homme

Levy
- Et si c'était vrai...

Maalouf
- Léon l'Africain

Malraux
- La Condition humaine

Marivaux
- La Double Inconstance
- Le Jeu de l'amour et du hasard

Martinez
- Du domaine des murmures

Maupassant
- Boule de suif
- Le Horla
- Une vie

Mauriac
- Le Nœud de vipères

Mauriac
- Le Sagouin

Mérimée
- Tamango
- Colomba

Merle
- La mort est mon métier

Molière
- Le Misanthrope
- L'Avare
- Le Bourgeois gentilhomme

Montaigne
- Essais

Morpurgo
- Le Roi Arthur

Musset
- Lorenzaccio

Musso
- Que serais-je sans toi ?

Nothomb
- Stupeur et Tremblements

Orwell
- La Ferme des animaux
- 1984

Pagnol
- La Gloire de mon père

Pancol
- Les Yeux jaunes des crocodiles

Pascal
- Pensées

Pennac
- Au bonheur des ogres

Poe
- La Chute de la maison Usher

Proust
- Du côté de chez Swann

Queneau
- Zazie dans le métro

Quignard
- Tous les matins du monde

Rabelais
- Gargantua

Racine
- Andromaque
- Britannicus
- Phèdre

Rousseau
- Confessions

Rostand
- Cyrano de Bergerac

Rowling
- Harry Potter à l'école des sorciers

Saint-Exupéry
- Le Petit Prince
- Vol de nuit

Sartre
- Huis clos
- La Nausée
- Les Mouches

Schlink
- Le Liseur

Schmitt
- La Part de l'autre
- Oscar et la Dame rose

Sepulveda
- Le Vieux qui lisait des romans d'amour

Shakespeare
- Roméo et Juliette

Simenon
- Le Chien jaune

Steeman
- L'Assassin habite au 21

Steinbeck
- Des souris et des hommes

Stendhal
- Le Rouge et le Noir

Stevenson
- L'Île au trésor

Süskind
- Le Parfum

Tolstoï
- Anna Karénine

Tournier
- Vendredi ou la Vie sauvage

Toussaint
- Fuir

Uhlman
- L'Ami retrouvé

Verne
- Le Tour du monde en 80 jours
- Vingt mille lieues sous les mers
- Voyage au centre de la terre

Vian
- L'Écume des jours

Voltaire
- Candide

Wells
- La Guerre des mondes

Yourcenar
- Mémoires d'Hadrien

Zola
- Au bonheur des dames
- L'Assommoir
- Germinal

Zweig
- Le Joueur d'échecs

Et beaucoup d'autres sur lePetitLittéraire.fr

www.lepetitlitteraire.fr

ISBN version imprimée : 978-2-8062-5201-2
ISBN version numérique : 978-2-8062-5157-2
Dépôt légal : D/2013/12.603/107

27517354R00016

Printed in Poland
by Amazon Fulfillment
Poland Sp. z o.o., Wrocław